송복련
시집

푸른 귓속말

도서출판 북인
2025

시인의 말

오래된 귀가 있다
해와 달이 오가는 길에서
귀 기울이면 들려오는 말
당신의 귓속말을 받아 적는다
당신의 말을 알아듣는 귀가 생길 때마다
순간에 피는 꽃처럼
구름을 피워올린다
온몸이 귀가 된 나는
푸른 피가 돈다

2025년 초봄
송복련

차례

2부

3부

4부

1부

싱잉볼

소리의 끝을 따라간다
나비가 날아가는 속도로
푸른 잔디밭 위로 파장이 물결친다

어두워지는 하늘 한 귀퉁이
구름이 방향을 바꿀 때
아득히 먼 곳에서 내게로 오는
동그란 물방울 하나가
이마에 파문을 일으킨다
나는 물이다

통통 풀잎을 튕기던
빗방울의 리듬이 빨라지고
싱잉볼 진동에 맞추어
나는 연못이 되어 수련을 피운다
비단잉어들이 생긴다

고요의 끝에 닿으니
꽃이 피는 속도와
지느러미를 따라 일어나는
나는 악기다

숲으로 간 책방

나비의 처음처럼
아직 읽지 않은 바깥을 향해
날개가 촉촉하다

도랑을 끼고 한참 들어가면
숲 사이로 길의 안쪽이 깊다
불빛이 새어나오는 책방은
흙내 묻은 손으로 반기는 곳

사운대는 숲의 소리들
눕거나 기대어 선 나무들의 눈빛과 마주친다
그 속을 다 읽지 못하지만
첫 문장이 뜨거울수록 도끼날은 빛난다

숲의 주인이 되고 싶은 건 허기진 탓
때때로 말꽃 잔치에 쉽게 넘어가기도 하지만
익숙하거나 낯선 목소리가 구름을 피우다가 비를 뿌린다
숲이 무성할수록 내 문장은 날개를 편다

붓꽃 위에 나비 날개를 접을 무렵

나는 욘 포세*와 함께 돌아왔다

*노르웨이 작가 2023년 노벨상 수상.

서랍 속의 달

그믐밤은 힘이 있다
어둠의 끝을 가리키는 달의 몰락

함께 보름달을 볼 수 있을까
한 번도 만나지 못한 보름달을
길은 언제나 저무는 쪽으로 나 있으니까
초승달에서 태어난 것들은
구름처럼 발랄하고 아름다웠으나
스무 살 즈음엔 내 것이 아니던 게지
붉은 찔레꽃만큼이나 행운은 드물었다

발밑은 비탈길
구르는 잔돌과 부연 안개 속에서
일찌감치 온달을 버렸다
누가 쓰다 버린 잡동사니가 되어버린 선물들
서랍 속에는 내가 버린 달과 모서리가 닳은 쪽지
내 가슴은 때를 놓친 것들로 채워진 서랍 속
공터에서 바람에게 품을 팔면서 바닥을 본다

이마에 찬별이 내려앉고

버석거리는 소리에 잠에서 깨어난다
깊이 모를 바닥을 딛고 무릎을 세우니
서쪽 하늘에 기대어 눈짓하는 초승달

행운목

불쑥 배달된 행운은
나흘 머물다 일곱 사람에게
서둘러 건네는 편지

행운은
장난 같은 뜨거운 감자

아프리카 어디쯤에서 왔을지 몰라
희망은 빨아올려도 빈 선물 바구니 같아
눈길에서 멀어질 동안 구석은 오기로 시퍼렇지
절명으로 다가오는 순간에
화르르 타오르는 당신이라는 촛불
잘못 닿으면 베일 듯 푸른 입술

미덥던 애인이 돌아서는 뒷모습
그때, 사과꽃은 눈발처럼 흩날리고 청천 양철지붕을 두드리는 빗소리 들었지
그늘진 곳에서 꾸는 꿈은
어두워진 뒤에 한참 향기로 머물거나
성소에 있는 스테인드글라스 아니, 극락정토에 피는

연꽃

하늘 사다리 감아오르는 나팔꽃처럼
여백으로 소문만 안개처럼 피우지

사랑 곁에 서성이며 부르는
무지개는 시들지 않아
우듬지 끝에 어른거리는 푸른 아지랑이
차마 등 돌리지 못하는 내일
에로스가 보내는 귓속말

시들지 않는 푸른 기다림 끝에
꽃을 매다는, 번번이 속는

나의 고질적인 습관이지

건조주의보

바깥은 습도 32퍼센트 거실은 24퍼센트
건조주의보 발효 중

가랑잎 불쏘시개로 마른 장작처럼 숲을 태울지 모르니 각별히 조심하라는 건데
방 안에서는 건조경보가 울리지 않는다

내 몸 어딘가에 북어들이 해풍에 얼었다 녹았다 하는가, 속을 채우며 부풀어오르던 것들은 끝내 주저앉아 뼈와 살이 맞닿은 황태가 되어가는 걸까 버썩버썩 마르는 소리가 나고 발바닥에서 모래가 흘러내린다 갈라진 뒤꿈치에 사포처럼 달라붙는 까칠하고 불길한 생각들 속으로 발이 푹푹 빠지고 나는 허물어지려 한다

고래 한 마리를 키우기로 한다 수면에 솟구치는 물의 알갱이들은 시라타니 협곡의 이끼처럼 마루와 벽지를 적시고 내 피부를 감싸겠지 안개가 피어오르는 그곳은 고생대 고사리들과 무성한 나무들 사이로 물소리 새소리 그리고 순한 짐승들 울음소리 들리지 그러면 숲이 된 나는 이끼처럼 생각이 돋고 잎을 내고 가지를 뻗어 촉촉

하게 젖은 글씨들을 써내려가겠지

파란 눈을 뜬 고래가 밤새 방안을 돌아다닌다

화석

바다에 차려진 밥상
상다리를 적시며 들고나는 저 상족암
바다는 쉼 없이 안부를 묻지만
누군가 돌아간 밥상에는 텅 빈 고요가 차려져 있다
반짝거리는 물의 얼굴이 밥상 아래로 맴돈다
축축한 발자국을 디디며 떠나간 곳에
백악기의 발자국이 찍혀 있다

궁핍한 날의 기억들은 아직도 화석처럼 기억되고 있다
들숨과 날숨 사이에서 번번이 얼굴을 내밀어
햇빛보다 달빛 아래 걷기를 좋아하고
셀 때마다 틀리는 지폐는 침을 바르며 세고 센다

어느 날 운석이 쏟아지는 불운에
은빛 깃털을 펼치던 공룡은 지상을 버리고
화산재 자욱한 하늘을 뚫고 날아올랐다
혹여, 새벽 숲길 사이에서 내 귓전에 대고
호르르 호르르 촉촉 고운 소리로
안부를 전했을 휘파람새의 조상일까

뼈의 무게를 덜어낸 새처럼
나는 어느 곳으로 날아올라야 할까
백악기의 잠을 깬 화석 하나가
가위눌린 내 잠꼬대를 흔들어 깨운다

빈 의자

내 것인 줄 알았지

의자에 앉아봐
씨앗들을 날려보낼 테지

꽃들이 피는 건 순간이야

발돋움하는 것들은 꽃으로 무장하지

시베리아 열차가 바이칼 호수를 지날 때 천상의 화원을 봐
하얀 깃털은 숲으로 가는 걸 좋아해
바늘꽃들 불탄 자리에 먼저 도착해 폐허를 깁지
꽃대 밀어올려 피는 여름은 왕성해
검은 자리는 감쪽같은 꽃자리

안락의자는 다정하지 게으름이 슬그머니 기어들지

의자는 담 너머 피는 찔레꽃, 꺾고 싶은 손들이 탐내는 물건, 잃어버린 높이, 당신에 대한 복종 공생하는 불화

의자는 나무와 못의 세월을 지나면 떠나지
입씨름 잘하고 허풍떨던 썩지 않는 뼈들 전설로 자라지
가끔 개 같은 날을 바람이 들추고 가지

의자는 독방에서 궁리하는 족속
받쳐주는 다리가 있을 때는 고집이 세지

의자는 아주 불평등하지

외눈박이

그들의 거처를 눈치채는 사람은 없어요
어딘가에 골몰하면 보아도 보이지 않아요 당신이 일요일에 백화점에서 어딘가 눈이 꽂혀 주머닛돈을 셈할 동안에도 집요한 눈길을 보내요 어쩌다 사거리에서 신호가 노란 불로 바뀌면 잠시 주춤할 뿐 이내 잊어버려요

그들은 발걸음이 뜸한 곳을 좋아하지요
어둠이 깔리는 골목 귀퉁이에서 애인과 은밀하게 주고받는 말은 모른 척해요

당신이 책을 내려놓을 때 첫눈이 내리고 있지요 당신이 무슨 생각을 하는지 알아맞히지요 곧 어딘가 전화를 걸려는 것도요 늙어버린 첫사랑에게 닿지 않는 전화를 거는 몽상가를 물끄러미 바라보아요

짐승의 마음이 될 때 신경이 쓰이는 건 그들의 시선이죠
눈이 부신 쪽으로만 몰려가다 그늘 속에 들기도 해요 마음만 먹으면 쓰러뜨리고 싶은 건 하나씩 있지요 다시 일어서지 못하게 단단한 뿔로 들이받아버리고 싶은, 뒷모습을 모르듯 그늘을 거느린 그늘들

그늘 속의 눈은 죽지 않아요
눈빛은 무덤덤하고 가끔 없는 눈이 되어요
어디에나 있고 또 아무 데도 없는

고백

고래의 눈에
먼 바다가 출렁거린다

코바늘로 뜨개질하는 그녀
통통한 고래 한 마리 건넨다
이야기꾼인 그녀가 궁리하는 것들은
한 줄로 꿰면 소설이 되고
코를 뜨면 고래가 되고 토끼가 되고 체리가 되는
재미로 엮는 밤이 깊다

어쩌다 그물코에 걸린 하루
사투리와 표준말의 중간쯤에서
끄달려간다고 했던가
그녀가 말꼬리를 물고 늘어진다
끌다와 당기다 사이에 사랑은 안개를 만든다

살림을 차리자고 한 것도 아닌데
힘센 고래 한 마리
거실에 들어와 몸을 말리고
놓친 행간으로 따라온 말은

밀고 당기고 꼬리치다가
한바탕 꿈을 뜨개질한다

어쩌다 방으로 들어온 소

소를 찾아가는 길은 안개 속이다
새벽 강으로 소 떼의 울음소리 들으며
수장된 어미의 전설을 따라간
초란 같은 그녀를 뒤쫓는다
대책 없이 막연하게 가는 길에
흰 소는 어디에도 보이지 않고
울음소리만 듣는다

가까이 있어도 한사코 아득해지던 여자는
비안개 너머에서 끝없이 고삐를 당기고
청평사 가는 막배는 끊어졌다가
벼랑 끝인 양 막막할 때
막다른 길에서 푸른 안개꽃을 만났다
닮은 듯 닮지 않은 여자와 잠시 마주쳤던가
밤꽃 향내와 안개처럼 뒤섞인다
객승이 되어 함께 뿔피리 소리 듣는다

흰 소 한 마리 들어오는 걸 보니
안개 속이던 법당이 성큼 다가온 듯
그토록 먼 사랑이 가슴에 들어온다

또 어느 결에 서늘하게 열린 문밖으로 사라진다
내 사랑은 무사히 저 안개 강을 건넜을까
언젠가 소를 타고 올
오리무중 속의 햇살 같은 사랑아,

*윤대녕의 소설 「소는 여관으로 들어온다 가끔」을 읽고.

월식

달이 떴어요 치마폭에 방금 떨어진 핏방울처럼 붉은 달이, 어두워지는 섬으로 들어가고 있을 때예요

두포항에 한참이나 서 있던 그 남자 옛 포구와 마실길 여기저기 뿌리고 다니던 달빛은 여름이 허겁지겁 달아날 무렵 뒷산 감나무밭 둥시처럼 영글어가요 담 넘어 온 황숭어리젓에 버무린 포기김치와 파김치 입맛 없을 때 먹으라던 고추 마늘장아찌들 밑반찬으로 깔더니 그날 잡은 조기 새끼도 굽고 조리고 뿔소라 문어 얄편얄편 썰어놓으니 성찬이 되네요 문밖에는 몇 백 년 만에 보는 월식이 술잔 비워지듯 사라져요 우리는 그 남자가 차린 붉은 달을 받아먹었어요

책갈피

글씨들의 다발 속으로
깃발처럼 꽂히는 간이역에는
먼 곳에서 묻어온 바람 냄새가 나거나
코스모스들이 등 뒤에서 흔들리거나
안개에 잠겨 선로를 잃어버리곤 해요
당신에게 흘러가는 문장을 가끔씩 지키는 차단기
겹치고 포개져 갈팡질팡할 때
갈피를 못 잡고 캄캄하게 깊어질 뿐이에요
저마다 다른 보퉁이를 안고 머문 자리마다
남겨놓은 그리움과 웃음들
조금씩 닳아서 낡아가고 있어요
흔적을 남기지 않는 그것들은
매듭을 했거나 금박을 하고
언제나 빳빳한 자세를 보이지요
가끔 꽃잎이 끼어든 갈피에서
향기에 실려 꽃비 사이로 어떤 얼굴이 걸어오고
단풍잎은 지난 가을을 돌려세우기도 해요
쉼표처럼 끼어드는 생이
침묵의 검은 가지에 새 잎을 피우는 걸 보았어요

허술에게

깨 털듯 속엣말이 한 됫박이다
슬그머니 옆구리를 건드렸을 뿐인데
무슨 일이냐고 물었을 뿐인데
막힌 물길 터져 흥건해지는 바닥

시를 나무로 착각한 나는 물만 주었다
쓴 잔을 들고 안개 속으로 들락거리거나
등 기대어 책장과 시간을 넘겼다
리듬이 되지 못하는 악보가 쌓여갔다
오래 젖으면 다 시가 되는 줄 알았으니까

녹슨 연장으로 나무를 찍었다
도끼날을 먹지 않는 나무에서 튕겨나와
얼기설기 엮으려던 멍든 손바닥
언어에 헌신하던 날들이 구겨져 뜯겨나간다
허공에 떠도는 집 한 채

놓친 길에서 젖은 가랑잎의 눈으로 바라보면
바람이 꼬이고 못이 삭은 문짝과
이마에 가라앉은 빛살 부스러기가 허술하다

후줄근해진 거미줄 치마와
툭툭 끊어지는 실밥 같은 것들도
덜 여민 층층고쟁이 속의 말이다

침묵 저편에서 울리는 전화벨 소리
목마른 한 됫박의 깨알들이 쏟아진다
기우는 것들은 서로 허술하다
너는 나에게 나는 너에게
허술해서 서로에게 기운다

2부

나비물

푸른 배추밭에 나는 나비처럼
엄마와 나 사이에
투명한 날개를 접으며 착륙하는 물방울들

이불 홑청이 젖는다
바지랑대 높이 세워 널었던 울안에 탱자꽃 핀다
엄마가 물 한 모금 머금어 불어낼 때마다
나비 떼들이 홑청 위에 내려앉는다

당신은 흰 옥양목 홑청에 올라 지그시 밟으신다
구겨지고 마른 성미 꾹꾹 누르듯
버석거리며 뻣뻣하던 풀기의 주둥이가 누그러진다
촉촉하게 젖어 주름진 얼굴이 펴진다
네 귀를 잡고 밀고 당기는 사이
엄마의 얼굴에 탱자꽃 핀다

이불 홑청의 시침질 속으로 낮의 소란들이 잦아들고
눈썹달이 뜨는 밤
배추흰나비 날아다니는 이부자리
잠 속이 달콤하다

내일 숍에서

손톱에 꽃밭을 만들어요

꽃을 심으려고 반달로 자르고 모서리를 다듬지요 크리스마스에는 구상나무에 별과 눈가루를 뿌리고 덩실덩실 걸었지요 오늘은 달라요 흙덩이를 펴고 매끈하게 만질 동안 꽃씨를 고르는 마음은 벌써 봄날이에요 이월이라 제비꽃과 라벤더는 아직 그래요 붉은 장미에 취할까도 했는데 가시투성이 서른이 떠올라요 뜻대로 안 되는 꽃밭도 있지요 밤새 손톱을 깨물던 시절이었지요 손톱 위로 다른 계절이 지나가고 당신이 물들여준 봉숭아 꽃밭으로 나비 한두 마리 날아들겠죠 담장 밑에서 햇빛이 오글거려요 제비꽃, 봄까치꽃, 앵두꽃들의 말은 바람이 소문을 내지요 꽃밭은 벌집처럼 벌들이 붐벼요 오늘은 연두나 초록의 손을 잡고 내일의 숍으로 갈 거예요 손톱이 좀 뒤면 어때요, 열 손가락의 꽃밭에 수선화를 심어 향기를 맡아봐요 금관악기마냥 팡파르가 터져나올 거예요 저쯤 서둘러 달려오는 봄. 이제 사라는 즐거워져요

징검다리

붉은 사과밭으로 가는 길은 눈부시게 아름다웠으니, 모래톱은 물이랑 지고 새 그림자 물속으로 떨어진다 길은 자주 끊어져 깊고 얕은 물 앞에서 멈춘다 한번 큰물이 쓸고 가면 강은 황톳빛, 그 속을 알 수 없어 수심이 가라앉도록 기다려야 한다 발 밑에 으르렁거리는 물소리 징검돌이 조금씩 물러앉는다 한 발 내미는 일은 위태로워 터럭손이 발목을 잡아당기는 자리들 번번이 기우뚱거린다 바람은 연신 사과 향기 실어보내고 물소리 멀어지는데 한 발이 징검돌에 닿지 못하면 어쩌나 어질어질한 아지랑이, 먼저 가는 이가 놓은 징검돌을 아주 천천히, 더러 헛디딜 때 아찔하게 떨어지는 새 그림자

먼 과수원길

저물녘 빈집

마당으로 걸어들어간 대나무들 수문장처럼 버티고 섰다 그늘 사이로 흘깃 본 녹슨 경첩 하나 겨우 손때 묻은 문짝을 붙들고 있는 사이 풀린 동공처럼 희붐한 빛 한 뭉치를 던져주고 바람에게 길을 내준다 덜컹거리는 반쪽 문은 주인의 발소리를 기다리며 삭아가고 마당 안으로 들앉은 대숲의 서슬에 어둠이 짙어진다

빗장을 풀고 떠나간 사람 말 못할 사정은 풍문으로 떠다니다 미궁 속에서 어두워진다 돌아올 기미가 보이지 않는 집에는 정처 없는 것들이 모여들어 산다 대숲에 바람소리 일 때마다 참새와 소쩍새 산비둘기들 소리 왁자지껄하다

빈집이 아니다 문패가 떨어진 자리, 어둠이 거느린 것들의 주소에 바람이 댓잎을 들썩거릴수록 전설은 가물거리다 흩어진다 귀촌하는 무리 폐가의 지문을 지운다 골담초 넘보는 돌담 안에 모란꽃 산당화 꽃잔디가 노을처럼 번진다

곡비

담장 밑이나 굴뚝 뒤편에서 혼자 들썩이다가
슬그머니 부려놓고 싶을 때
샤워기를 틀면
내 눈물의 속도보다 빠르게 흘러가는 애도
슬픔에 슬픔을 얹어
등을 타고 내려가는 물소리
흐르는 것들은 길을 튼다
일렁이다 하찮아진 얼룩들
마음 바닥에 닿으면 푸르러질까

오래 전,
당신의 빈소에서 마른 눈물 녹여낼 때
우르르 몰려와 질펀하게 쏟아내는 울음바다
슬픔이 슬픔을 껴안는다
울음끼리 건네는 곡조는 나비처럼 가볍고
곡비들 뜨겁게 쏟는 붉은 눈시울
새 옷 한 벌을 입은 듯
먼 데서 내리는 푸른 빗소리

참닻꽃

어부는 바다로 가지 않기로 했어요 고래를 잡으러 먼 바다로 가지 않겠다고, 파도에 흔들리지 않으니 얼마나 좋아요 땅에도 그물을 치면 벌 나비가 날아들 테니까요

뿌리 없이 빙빙 떠돌던 배를 타고 산으로 향하는 꿈을 꾸어요 산등성에 올라보면 구름이 물고기처럼 지나가고 바람은 해초처럼 부드러울 거예요 제자리걸음이라도 괜찮아요 금관악기에서 피어나오는 음률을 새들이 따라 부를 테지요

안개의 주소록을 들고 헤맨 적이 있어요 트럼펫이 흘려보낸 당신의 슬픈 눈동자가 남루해진 옷 사이로 파고들 때마다 어지럽던 꿈자리 머리에 둥지 틀던 꿈이 빈방에 둥둥 떠다녔어요 젖은 옷을 말리고 신발끈을 고쳐 매면 아직 피지 않은 꽃은 기다려줄까요 네 개의 닻을 하늘에 내릴까요

해무 속 바람꽃과 만났어요 반그늘이나 풀숲에서 발을 뻗는 막장동네 아이들, 어린 내가 보여요 떠돌던 긴 항해는 겨울의 뒤꿈치를 밟고 지금 여기, 단단한 땅속에

서 조금씩 팔을 내밀어요 아주 조금씩 봄을 밀어내어요

오래된 주소로 전화를 걸어요 안개 속에 숨겨둔 흐릿한 말 처음 꺼내지요 먼 곳에서 방울새 울음소리 들어요 닻꽃이 참말로 폈어요 텅 빈 하늘을 채웠어요 그건 스무살 여름이 한참 지난 뒤의 일이어요

요실금

내 안에 작은 연못 하나
수압을 견디던 단단한 근육들
팽팽하던 긴장이 풀려 헐거워졌다
기침을 할 때마다 열리는 수문 움찔움찔 부끄러움 쏟는다

하늘 위에 밥상 차려놓은 연못
홍건하게 차 있던 못물 울컥울컥 앓는다
조절되지 않는 몸에 누수가 생겼다

숭숭 뚫린 뼈로 서 있는 마른 연밥
뼬 속 세상과 내통한
숨구멍이 이제 다 드러났다

느랭이댁

이만리 갱변엔 자갈도 많구나 쾌지나 칭칭 나네

매기는 소리 높았다 낮았다 조였다 늘어지고 징소리에 시루봉도 따라 울고 덩더쿵 장구가락에 북소리 쿵 딱, 꽹과리는 놀라 자지러져유 조무래기들 어깨춤이 꼬리를 물고 따라가는 풍물패들, 지근지근 지신 밟고 돌아갈 때 온 동네가 빙글빙글 상모 돌려유

이만리 갱변 살얼음 딛고 건너는 아낙들

걱정 보따리 싸안고 느랭이댁으로 몰려가유 천신 대감이 건네는 비방들은 틀리거나 맞아도 내일은 안개 속이라 허청대나무라도 붙들어야 힘이 나지유 형을 시영아들 삼던 날 우리는 모두 느랭이댁 시영아들이 됐지유

이만리 갱변 건너온 귀신의 말은 불길했지유

범이 들로 내려온다는 점괘를 지우려고 부엌이랑 마당귀에 뱅이를 썼지만 천신도 어쩌지 못해 범처럼 무섭던 아버지 참말로 산에서 들로 내려왔지유 아니 집에서 산으로 가신기여 그것도 칠석날에, 괘종시계도 2시 40분에 따라 죽었다지 뭐유 느랭이댁 신통력에 아비는 호랑이가 되었지유

풍도

늙은 몸끼리 기대어 사는 나무
먼 발치서 낯빛만 봐도 얼굴을 알아본다
금빛 은행나무는 올해도 빈 몸이다
한번도 배부른 걸 본 적 없다는 섬사람들
은행나무 발 아래 샘물 길어 정화수 드린 지도 오래
비나리하는 손 허공이 멀어 닿지 않는지
불임의 시간이 육백 년이다

바람이 먼저 다녀간다는 섬에는 풍문이 무성하다
단풍나무 숲으로 난 길 따라가던 길손은 조기 풀치 갈치 간제미 그물 넘치도록 잡히는 풍어보다 몰래 비밀의 정원으로 바람처럼 찾아든다는데 매운 바람이 밀어올리는 낭창한 꽃대 끝에 바람꽃 웃음이 흔들리고 복수초 풍도대극 산자고 피는 그곳은 꽃풍년이 들었다고 꽃과 벌나비가 눈 맞추느라 야단스러워 붉배바위도 덩달아 벌겋게 달아오른다는데 금슬이 어긋난 저 부부 나무 여전히 등을 지고 서 있다

물 주는 남자

그는 물을 주는 걸 좋아해요
언제나 넘쳐 바닥이 젖어요
식물을 아이로 착각한 남자는
밥만 먹이면 크는 줄 알아요
어느새 내 키를 넘보지만
먹는다고 다 키가 되지 않잖아요
그가 기둥에다 눈금을 그리던 날
우유를 받아오고 칼슘과 영양제까지
아무리 먹여도 애비만큼만 자랐어요
멈추고 커가는 사이 욕심이 났어요
햇빛과 놀고 바람을 쐬고 한눈파는 것보다
볼이 미어지게 떠먹이면 갈증이라곤 몰라요
논바닥이 거북 등딱지가 되는 동안
뿌리에도 근육이 붙나 봐요
흙을 끌어안지 못해 둥둥 떠가는 걸 본 적이 있어요
장마의 끝을 보기도 전에
퉁퉁 불은 금전수는 무릎이 주저앉았어요
발부리에 작게 불 밝혀 길을 낼 때까지
느림을 기다리는 게 힘드나 봐요
지금은 겨울, 아이가 근육을 키울 시간이 필요하니까
물 좀 그만 주세요. 제발

허니문

입춘 무렵,
볕 좋고 바람 없는 날
자는 벌들을 깨우러 간다
꿀잠 자는 아이 어르듯
벌통을 안고 부드럽게 흔든다

봄을 기다리며 부풀고 있을 여왕벌
전설이 보름달로 뜬다
술래 몰래 꼭꼭 숨어버린 순간은 짧고
꿀맛은 덤이다
바람도 간섭하지 않아 둘만의 기억은
어두울수록 눈이 부시다
바람과 비가 들이치는 처마 끝
사나운 짐승을 피해 사는 동안
달의 반쪽은 초승달에서 보름달로 차고 이운다
달의 반은 따뜻하고 반은 서늘한 법
그래도 우리는 분화구마다 꽃씨를 심는다
벌을 깨우는 일은 밀월의 끝을 보는 일
벌들의 꽃밭에 서른 밤의 달빛이 핀다

*허니문honeymoon : 고대 노르웨이에서는 신랑이 신부를 납치해서 신부의 아버지가 딸을 찾는 것을 포기할 때까지 숨어서 기다린 다음 신랑의 부족에서 함께 지낼 수가 있었다. 숨어 있는 30일 동안 매일 꿀로 만든 술을 한 잔씩 주었다.

모든 어제는 아름다웠다

그 밤에는 잠들지 못한 말들이 불쑥불쑥 일어났어요 핏방울이 동그랗게 맺히던 캄캄한 이편에서 홀로 어둠 깊숙이 불을 밝혀요 떠도는 말들을 붙잡으려고 하면 누떼가 강을 건널 때처럼 달아나는 것들은 어디서부터 잡을까요 허약한 다리와 젖내 나는 어린놈의 궁뎅이부터 아니, 뒤처진 놈을 노려보다가 겁 없이 옆구리를 치고 들어갈 궁리를 해요 누런 모래폭풍에 휘말리면 밟혀 먼지처럼 사라질지도 모를 일이어요 실마리를 잡지 못한 말 대신에 귓속으로 마른 잎들 부서지는 소리 들려요 저편 바람벽으로 하얀 눈발이 흩날려요

언 강 위로 흰 옷 입은 사람들이 보여요 시린 옷자락을 바람에 맡기고 머리에 구름을 인 채 뒷짐을 지거나 올망졸망하니 뒤따르는 머슴애들, 징검다리 건너 흙먼지가 이는 들을 지나 주추배기 댁으로 들어서요 나지막한 사랑채가 시끌벅적해지고 서당골로 드나들던 조무래기들도 듬성듬성 수염이 자라서 앉은 무더기가 안반만 해요 시린 손을 부여잡고 반기는 고모할머니가 쩍쩍 달라붙는 김칫독에서 얼음 섞인 동치미에 뜨끈한 떡국을 내오면 아랫목에 군밤도 익어가고 떠도는 얼음덩이 쩍쩍 갈

라지는 소리 들려요 덕담을 받아안고 느지막하니 돌아오던 이들의 입에서 갓 지은 밥처럼 더운 김이 났어요

서리꽃 하얗게 피어나고 별이 빛났던 밤으로 흰옷 입고 들락거리는 그림자들은 모두 겨울밤의 일로 가끔 저편에서 꺼내보아요 모든 어제는 아름다웠고 행복했어요 늘 바람이 부는 이편에서 그리운 것들이어요

물밥

그 속에는 배고픈 아이가 살고 있었지
수제비 뜨던 돌멩이까지 꿀꺽 삼키는
그 식탐을 말릴 재간이 없지
한번 기우뚱하는 순간이었어
첨벙 소리와 함께 내 발목을 움켜잡던 서늘한 손길
소름 돋던 물소리가 젖은 발을 붙잡았지
떠내려가는 것들의 이쪽과 저쪽에 놓인
징검다리에서 중심이 흔들렸던 그날
철벅철벅 뒤쫓아오던 물의 아이에게
할매가 차려준 밥상에는 물밥을 만 흰 그릇 하나
문구멍을 통해 조용히 물밥을 비우던 아이를 지켜보았지

강을 건너갔다 건너오는 것이 우리들의 일
꿈속에서도 강을 건너고 있어
자장가를 부르다가도 누런 황토물이 삼키려고 해
저녁의 징검다리는 늘 위태롭지
물의 아이가 흔들기 때문이지
밤은 제 검은 낯을 물가에 비추었다 가곤 하지
강을 건너 돌아오던 그날처럼
강물 속에서는 그릇 부시는 소리가 났다가
툭 끊어지고

3부

목련의 발자국

아파트 모퉁이에 뜬 낮달은
샛바람 부는 얼음강을 지나
꽃등에 불을 켤 때까지
오랫동안 손끝에 머물렀다
부처의 수인手印처럼
두 꽃잎이 둥글게 맞닿으니 극락정토인가
귀신들이 무릎을 꺾고 어둠 속에 만개하는 달
허공을 만지작거리던 흰 손가락들은
손바닥을 마지막으로 뒤집는다
한 자락의 푸른 고요가 엎히고
문득 날비소리, 후두둑
멀어지는 발소리,
봄길 위에는
목련이 다녀간 발자국들이 어지럽다

루드베키아

먼 발치에서 보았다 울도 담도 없는 집에 노란 저고리에 녹치마 받쳐입고 허리춤을 묶는 여자를 등 뒤로 루드베키아 꽃들이 사태진다 더푸렁골은 꽃무덤이다 오월의 햇살만큼이나 눈부시게 반기는 여자는 꽃이 전재산이다

눈총을 받으며 어린 나이에 부른 배를 안고 쫓기던 여자, 주렁주렁 식솔을 거느리고 귀향한 높은 대문을 등지고, 여우와 살쾡이 고라니들이 출몰한다는 짐승골 곁에 두 벌 인생을 차린 움막은 제 한 몸 누일 만하고 하늘이 가깝다 해를 닮은 노란 꽃들이 울타리 넘어 밭두렁으로 타고 오른다 멈출 줄 모르고 번지는 덤불들 이웃들이 주정뱅이 아비를 욕하고 떠나간 에미를 원망해도 떠돌이 사내가 구원이었던 적도 있었다 바닥이던 둥지에 곳간이 차던 날 한눈팔던 사내 때문에 꾹꾹 눌러둔 복장에서 실밥 터지는 소리 때 묻은 옷 벗듯 훌훌 벗어던졌다

가난한 비탈밭에 꽃씨를 심으며 여기 묻히기로 한 여자 푸른 날개에 솜털이 뽀송뽀송하다 마당을 지나 작은 오두막을 뒤덮으며 나 이렇게 잘살고 있다고, 그늘 없는 꽃을 피웠다 난생처음 얻은 꽃들 늦게 얻은 자식마냥 살갑다 해가 뜨지 않는 날에도 거름이 된 묵은 상처에서 송이송이 꽃을 피우는 여자 골짜기가 노랗게 넝쿨진다 야

생으로 돌아간 여자, 그늘이 짙은 골짜기에서 환하게 번
진다 잘 어울리는 초록을 입고 생이 활활 타고 있다

메주

하나의 이름으로 높이 걸려고
당글당글하게 여문 틀을 깨부순다
삶고 찧고 으깨는 지옥길
퉁퉁 불어 그렁그렁한 눈
한 말이 서 말이 되도록 울어야 하고
타닥타닥 꼬투리들 터지도록 제 짚으로 태우거나
솔가지 오리나무 상수리 같은 삭정이들
화르르 이글이글 시름새름 불춤 한 마당 벌인다

대문을 빠져나간 냄새들이 골목에서 는실는실 한나절 놀다가
올랑올랑 솥으로 모여드는 저물녘
붉으락 노그라져 단내가 나는 것들
작신작신 발바닥이 뜨끈뜨끈하도록 밟아
다시 틀 안에 가두고 풍경처럼 다래다래 달아놓는
내 손과 발이 하는 소관
썩는 것과 잘 뜨는 한 끗 차이다

튼살 속으로 하얀 꽃구름을 큼큼하게 피우는 겨우내
깐충그려 땋은 메주각시 품에 싸여 온전해지는

땅에서 꼬투리를 키우던 시간은 닦아내고
햇볕과 바람 그리고 물기
보이지 않는 공중의 것들까지 거든다

정월 초아흐레 손 없는 날
독 안에 간조롱한 메주
숯과 고추를 띄워 새끼줄로 액맥이한다
짠물 속으로 들어가 한 살림 차려
잘 익은 이름을 낳는다

꽃달임

가슴에 손을 얹듯
꽃잎 하나 얹는 건
마음에 꽃을 피우는 일
돌부리에 걸려 넘어졌을 때
구겨진 하루가 창호지처럼 뜯겨나갈 때
꽃잎 하나 따서 띄워본다
꽃망울 팡팡 터트리며 피어나는
온통 봄이고 싶다

꽃을 하나 얹는 건
찹쌀 부꾸미에 꽃이 피는 일
번철 위에 뜨겁게
노릇노릇 익어갈 동안 향기에 취하고
동글납작하게 봄을 지져 따끈하게
건네고 싶다는 말
가지 끝에 물이 차오르면
들로 산으로 강으로 봄마중 나가
앞섶에 가득 꽃을 따 모은다

울퉁불퉁한 돌덩이 몇 개 주워 만든

돌화덕에 솥뚜껑 걸고
찹쌀 부꾸미에 제비꽃 아카시꽃 들깨꽃 얹으면
활짝 열린 자궁들이 꽃자리를 편다
이야기들이 부풀부풀 일어나고
얼굴 가득 꽃물이 번진다
봄술에 취해 온달처럼 뜨는 봄
꽃잎 하나 얹는 건
여기 없는 당신에게도
사랑의 댓글 하나 달아두는 일

능소화

열어놓은 귀 밖으로 캄캄한 밤들이 지나가고
별을 헤듯 모래로 채운 하루를 넘긴다
당신이었다가 당신이 아닌 걸음들 사이로
방안에 피던 말꽃들이 가물거리고
그림자를 거느리지 않은 바람소리에
번번이 방문 밖에 등황빛 귀를 내다건다
도착하지 않은 사랑을

안에서 들끓는 것들은 곧잘 화상을 입고
입속에 갇힌 말에서 타는 냄새가 난다
숨이 차오르도록 담을 넘으려다가
끝내 담장을 허무는 낭자한 저 꽃사태
유월의 저녁 하늘도 달아오른다
붉은 입들이 떨어진다
툭 툭 눈먼 말을 내뱉는다

답장

유월이 다 가도록 백합은 꽃봉오리로 머물렀습니다.
잎은 봉오리에 손을 떼지 않고 천지창조의 순간처럼 멈추었습니다

그때 나는 오지 않는 소식을 기다리고 있었습니다 수없이 빗맞추던 활 속에 들끓던 세상이 고요해졌습니다

기다림이 애틋해지면 우련 붉어지나 봅니다 꽃과 잎은 눈길을 주고받았을까요 백합이 몸을 여는 건 순간이었습니다.

어느 결에 여섯 개의 웅숭깊은 문이 열렸습니다 미황색 꽃잎 살짝 들어올리자 까만 속눈썹이 가늘게 흔들렸습니다 눈길이 모두 꽃으로 향할 때 침묵이 완성되는 걸 보았습니다

왕버들 그늘이 연두에서 초록으로 낭자해질 때 거짓말처럼 답장이 왔습니다

물의 광복

물집이 터진다
떼로 몰려다니는 물의 연대는
땅속으로 스며들지 못하고 서식지를 바꾼다
자동차와 세간들이 구겨진 채 떠다니는 소동은
물의 기분을 건드린 탓이다

슬픔의 적도에서 밀어올린 비구름
바리케이드를 넘어뜨리고 진격한다
위험수위를 넘어오는 물의 결속
성난 빗줄기의 아우성
흙빛이 된다
보기 좋게 한 방 먹은 거다

붉으락푸르락
도시가 휴지처럼 구겨지고
구름을 담은 하늘과 새의 그림자는
흐린 거울 속에 비치지 않는다

쓰러진 나무에
비닐봉지를 백기처럼 흔든다
흙탕물에 함락된 오래된 미래

찔레꽃

찔레꽃 덤불에 발목 잡혀요

찔레 향기는 아직 이렇게 달큰한데
허공이 삼킨 음성들이 쏟아지네요
이제 오냐, 밥 먹어라, 괜찮아,
그때의 말씀들

바람이 건네는 목소리
불쑥불쑥 건져올리는 된장국 같은 말꽃들

다 늦은 저물녘에
말하지 않은
목에 걸린 말까지도 이제 들어요

꽃무릇

초록들 사이로 하나둘 옷 벗는 소리
안에서 차오르는 불
긴 밤 내내
어둠을 삼킨 둥근 입이 부푼다
이브를 유혹하던 뱀처럼
붉은 혀가 발설하는
꽃의 말들이 폭죽처럼 터진다
허공을 불사른다 꽃밭이 된다
벌거벗은 바닥이 흥건히 젖는다
불바다가 된다
발맞추지 못한 걸음은
아직 오지 않았거나
먼저 가버린 바람이다
수직으로 서서
거울 앞에 선 아침인 듯
터널 속으로 사라진 술래인 듯
목이 길어진다
오지 않는
헛걸음하는 사랑아

산딸나무

오월의 바다
물빛 이파리들 사이로 언뜻
흰 나비 하나 둘

오늘 아침은
떼로 몰려와 파랑을 타고 논다
파랑 파랑 파란 파란
춤추던 수평선이 금빛으로 물든다
나비와 내가 꿈속을 드나들 동안
슬그머니 금이 지워지고
아득한 우화는 잊은 지 오래

오월의 바다는 꽃밭이 된다
어디서 왔는지 묻지 않은 생이
파랑 파랑 파란 파란 지나간다

겨울강

플러그가 뽑힌 머릿속은 검다 잔 눈발이 흩날리는 창밖으로 얇은 옷을 여미는 사람들의 걸음이 바삐 사라진다 자정을 넘기는 시계를 보다가 익숙하게 문고리 만지던 사람을 생각하며 귀는 점점 밝아진다 이런 날엔 와인잔을 기울이며 노란 알전구를 밝혀두는 게 낫겠다

부드러운 그림자 속으로 눈꽃열차를 타러 간다 배흘림기둥을 쓰다듬고 온 무량한 바람을 안고 산타마을에서 열차에 오르면 겨울강도 굽이굽이 따라온다 자주 동굴 속으로 숨었다 나타나는 철길은 숨바꼭질하며 어두워졌다 밝아지면서 자꾸만 휘어지겠다

얼음강 밑으로 가문이 번성하듯 천삼백 리 물길로 흐르기도 한참 전, 산을 뚫어 문을 열었다는 구문소에서 잠시 길을 잃거나 하늘도 세 평 땅도 세 평인 오지에 내려 된비알밭 일구며 이름 없이 살아보다가 사람이 그리우면 배바위고개 너머 일확천금을 꿈꾸며 달려가던 쇠바우역, 객줏집 막장인생에 손을 잡히거나 하루에 한 번 멈추는 간이역에서 춘양목 같은 팔뚝을 가진 사내에게 따끈한 커피를 팔든가

내 속에 겨울강이 흐른다 얼음장 밑으로 자갈을 굴려 언 땅을 두드리며 마른 강기슭을 적신다 굽이굽이 얼었다 풀리며 긴긴 협곡을 애써 돌아나오는 동안 속눈썹에 희붐한 낮달로 뜬다

이팝나무

엄마!
밥 쏟아질라 그만 퍼담아요
귀가 어두워 연신 밥주발에 담기만 하던 엄마
한 손으로 그릇을 받치고 한 손으로 고봉밥을 쌓는다
밥심으로 피운 꽃들이 구름 위로 피어오른다

조팝꽃 목련꽃 다녀간 뒤 쑥대궁이 여무는 시간
해묵은 이팝나무 커다란 아궁이 불을 지피면
장터 어물전 포목전에 그늘막이 펴지고
귀퉁이에 쑥 두릅 달래 냉이 푸성귀들도 끼어들고
소장수 옹기장수에 방앗간 대장간이 돌아간다
왁자지껄 때 묻은 돈이 오가며 흥정하는 소리
국밥집 주인은 연신 밥주걱으로 쌀꽃을 퍼담는다

장꾼들과 어미 상을 받던 아이들에게
밥상 차릴 일도 없는데 장터 푸른 밥상에
상다리가 휘도록 밥을 푸고 또 푼다
식은 밥상머리 위, 구름 속으로 날아드는 새
풀리는 눈시울 끝에 흰 쌀밥이 일렁거리고
저 마르지 않는 곳간으로 뿌리내린 엄마

오래된 부엌에서 밥상을 차린다
수북수북 담긴 밥, 한 술도 뜨지 않았는데
바람이 자주 발등에 흘리고 간다

묘연

찻잔에 무수히 담았다 비운 것들의 행방이 묘연합니다 당신과 차를 마시며 말꽃을 피울 동안 다른 계절이 다녀갔어요 사라진 말들은 수백 장의 꽃잎이었다가 나비처럼 덤불 너머 사라졌어요

도공이 만든 커다란 손잡이는 물음표로 돌아옵니다 세상에 모든 것들이 찻잔 속에 담기듯 모르는 것투성이라 부끄러워져요 내 안에 자라는 물음표를 찾아헤매었지요 고대 철학자들의 먼 먼 발자국을 따라다녔지요 입술에 닿는 거품 아래 깊은 맛을 다 느낄 수는 없지요

사람들의 곁으로 갔던 날 돋아나던 물음표들을 한참이나 눌러둔 적이 있지요 당신의 눈빛이 오래도록 머물렀던 일이 기억나요 간혹 느닷없이 날아온 돌멩이처럼 뒤통수를 치고 가는 말도 있어서 쓴맛을 혀끝에 남기기도 했어요 한참 만에 빈 잔에 고이는 후회는 그 밤을 뒤척이게 했지요

산책길을 걸어요 숲에 들면 산비둘기 방울새들의 소리를 따라 키 큰 나무들을 올려다보아요 구름의 속도와

바람의 결을 어루만지며 나뭇잎 속으로 들어가요 물음표들은 보이지 않는다고 없는 게 아니어요 나뭇잎 속에 내가 보이지 않아도 나를 믿어주세요 나무처럼 자라는 중이에요

4부

비는 중절모를 쓰고 내린다

모자를 쓴 신사들이 지붕 위에서 내려오고 있어요
멀리 또는 가까이 중절모를 쓰고 내려요
비는 어느 곳에나 내리지만
아무도 젖지 않아요, 하염없이
비를 맞기만 하지요
스스로도 젖지 않는 건 비가 아니기 때문이지요

중절모를 쓴 아버지들이 쏟아져요
도착하는 비, 골콩드를 떠나 도시에 뿌려지고 있어요
소리없이 찾아와요
새처럼 떠서 천천히 내리는 남자는 우리 집에도 있어요 아니 옆집 뒷집 윗집 아랫집을 들락거려요
세상은 아침 아홉 시와 저녁 여섯 시가 되면 고층 빌딩에서부터 지하까지 비가 내려요 똑같은 코트를 입고 출근하거나 퇴근하면서 빗방울을 만들지 않는 남자들은 그저 허기처럼 찾아와 후드득 사라질 뿐이지요
보이지 않으면 알 수 없어요 나도 모르고 너도 모르는 본색, 거대한 집채 안에 천 개의 얼굴을 하고 있는, 내 안에 있어도 나도 모르는 내가

객장의 전설

아름다운 것들은 쉽게 잘린다
꽃병 속으로 들어간 혀들
물기를 한껏 빨아올리며
말꽃들이 만발한다
뿌리 없이 사는 것들 낯빛이 흐려지고
밑바닥으로 내려오는 일은
흙 한 줌 움켜쥐고 꽃대를 세우는 민들레처럼
가난한 자들은 꽃이 있는 정물을 벽에 걸어둔다

하루의 희망을 가방에 챙기는 사람들
상속받지 못한 돈뭉치들 움켜쥐려고
계단을 뛰어오르며 달려간다
불꽃을 심어둔 액자 속 튤립에서 악취가 나자
목이 졸린 마른 꽃들은 던져졌다
종잇장보다 무거운 비명소리가 났다
객장으로 간 셈페르 아우구스투스*는
붉으락푸르락 오르락내리락
날마다 죽고 깨어나는 아수라장

*네덜란드 전역에 투기 광풍을 불러일으켰던 희귀종 튤립.

마그리트의 사과

그 남자를 보면 사과가 떠오른다 중절모를 쓰고 넥타이를 매고 정장 차림한 그를 따라 푸른 사과 속으로 걸어 들어가면 연분홍 사과꽃이 울타리 넘는 과수원으로 일벌들이 붕붕 날아다닌다 잔뜩 꽃가루 묻힌 금빛 날개, 둥지로 향하는 무거움에 대해 안다 때때로 넥타이처럼 방바닥에 풀어지는 고단함에 대해서도 안다 애써 나르는 햇빛과 길어올린 물기들 이슬방울로 엮는 일, 꽃진 자리마다 젖멍울 같은 씨앗을 낳는 황홀한 밤, 후끈하게 달아오른 몸에 배어나는 둥그런 시간 사실 나무에도 수심이 있는 법이다 수심에서 탱탱하게 부풀어오른 사과를 길어올린다 풋풋한 그 남자, 사과처럼 싱싱하다는 건 안 봐도 틀림없다

모네의 물감

그것은
설익은 사과처럼 찾아오죠
밤으로 가는 다리 위로
일손을 거둔 걸음들이
수런거리며 강가로 몰려가요
한 손엔 돗자리와 여벌 옷을 챙겨 들고

모네의 물감으로 붓질한 여자가 남자의 팔짱을 끼고
오늘 밤을 위해 준비한 게 있다고
놀이 지는 하늘에다 걸어요
달이 개밥바라기별을 데리고 오면
손끝으로 그린 불꽃놀이가 시작되겠지요

어두워서 더욱 빛나는
피지 못한 꽃들이
봉숭아 꽃씨처럼 톡 톡 터지는 소리
흰 꼬리를 흔들며 커다랗게 송이송이
하늘 꽃밭에서는 연신 꽃봉오릴
움츠렸던 생이 터져요

불새들이 날아가다 물속으로 뛰어드는 밤
물 위에 뿌려진 하얀 잔해들과
보랏빛 물감 위에 다시 수련들
물꽃이 지상에서 펼쳐져요

소지를 올리던 손
텅 빈 마음 하나 챙겨 돌아오는 길
몽롱한 밤의 풍경들은 화폭 속에 숨고
지베르니의 수련 잎처럼 둥글어져요
팔레트 같은 길을 걸어갑니다

허공에 지은 집

바위는
피레네 산맥을 넘어
바닷물이 너울대는 수평선 위로
달처럼 뜬다

땅바닥에 발 딛고 서는 시시포스가
허공에 지은 없는 집이다
햇빛과 바람이 시나브로 드나들 뿐
끝없이 허무의 끝으로 걸어가면 대문이 나오고
다시 허무를 따라 걸어 강물에 닿았고
허무를 허물며 자꾸 걸어 바다에서 길을 잃었다
어디에도 없는 그곳은
갈 수 없는 곳이니까 꿈이다

바다는 자주 표정을 바꾼다
두 발이 미끄러질지 모른다
마법처럼 흔들리는 성으로 가는 길에는
뾰족한 탑과 집들이 달빛을 받아 빛나고
중세의 옷을 입은 사람들이 친구처럼 반기는 곳
붕붕 떠다니며 찾아가는 축제장

빗장이 걸린 캄캄한 문 앞에서
허무의 끝을 보았다

죽는 날까지 꿈을 맴도는
허공에 지은 없는 집

*르네 마그리트의 〈피레네의 성〉.

도라

— 피카소의 〈우는 여인〉

아직 오지 않은 이별은
쓸데없이 눈물주머니를 키웠다
슬픔은 틀어막아도 흰 손수건으로 비어져 나오네
그렁그렁 차오르면
마침내 빗줄기로 흘러내린다
태풍에 쓰러진 나무처럼 울음이
뿌리째 뽑혀나갈 듯이

도라는
너무 큰 활화산 곁에서
바람처럼 주변을 서성거렸지
게르니카를 그릴 때 만난 그 남자는
우는 여인의 사각지대까지 읽어내었지
그림의 파편 속에 천 개의 울음을 담았지
손수건으로 얼굴 가리고 있는
여인의 뒤에 선
도라를 읽지 못하네
그림 속의 여자만을 사랑했네
화폭 속에서만 뜨거웠네

오지 않은 슬픔이 이별을 불렀네
도라는 그림 속에서 손톱을 물어뜯네
그림 밖에서 손톱을 물어뜯네

파문

파라다이스 시티에 LOVE*라는 글자가 있어

사랑을 내게 보여줘
그러면 너는 광고 속의 여자처럼 웃지
하늘과 숲이 물들고 당신은 기울어지지
거리와 극장에는 사랑이 넘치고 모방되지
가볍게 선물처럼

당신은 왜 그리 딱딱해
고딕체 같아
멀어져 보여
풍란처럼 허공에라도 길을 내봐
바람이 닿을 때마다
흔들고 가는 손길을 느끼며
천천히 열리는 꽃잎을 보겠지

수심이 깊은 사랑은
보이지 않아도 들려
파문 하나가 연못을 흔들지

바람의 결을 타는 수련 이파리
한 송이 꽃이 수면을 북 찢으며 솟네
하늘과 수심 사이를 허물고
수련이 피네
뜨겁게

*미국의 팝 아티스트 로버트 인디애나의 작품.

드뷔시의 바다

말라 구부러진 멸치, 너의 몸뚱이에서 춤을 읽는다. 전생에 살아 꿈틀거리던 선율, 드뷔시의 바다 속에 군무를 이루는 것들 철새처럼 청동빛 등에 은빛 줄무늬를 반짝이며 천천히 유영한다 콘트라베이스의 리듬을 타고, 현악기들이 크레센토로 번지거나 불꽃처럼 빠르게 낙하하다 수레바퀴처럼 구른다 모자반 속으로 들어간 너는 잠시 밀회를 꿈꾼다 물방울 떨어지는 피아노 소리에 고요가 깃든다 춤은 다시 구름처럼 한 덩이가 되어 신명을 푼다 치마폭이 찢기듯 끊어지는 순간이 왔다가 다시 모여들기를 반복하는

빛나는 군무 위에 펼쳐진 그물망, 그 순간에 천둥 같은 피날레, 연주는 가쁜 숨을 몰아쉰다

저물녘의 자코메티

몸에서 철근 소리가 날 것 같아
자코메티를 닮은 남자는
신발에 바짝 달라붙은 그림자를 끌고
성큼성큼 새장을 빠져나간다
말라버린 우듬지의 감처럼 캄캄한 얼굴
오래 바라보고 있으면
아는 이웃인 듯한 그는
흩어진 일감들을 서랍에 구겨넣고
야윈 시곗바늘이 가리키는 오후 세 시 방향으로 간다

어두워지기 전
억새 숲에서 쏴쏴 파도소리 들리고
흑요석 반짝거리는 눈빛을 가진 여자
붉은 드레스를 입고 홀로 반짝이지
새벽달이 뜰 때까지
바늘 끝 같은 시선에
사로잡힌 한 마리 짐승이 되지
그건 가을 들판처럼 몸이 시들시들할 무렵일 거야
저물녘의 연애는 녹슬지 않아
철근 위에 꽃이 핀다

바다의 경마

바다는 푸른 말
바람의 채찍을 맞는 야생의 타이* 떼
몽골 초원의 말 울음소리와
팝콘처럼 튀어오르는 먼지구름을
이호 바닷가에서도 만났다
수평선을 그물처럼 끌고 오는 말들은
흰 말발굽을 구르며 안장도 없이 달려온다
연신 갈기 휘날리며 거친 숨을 토해낸다

구름 걷히고
먹빛 하늘에 별들이 풀꽃처럼 피는 밤
서서 자는 꿈속에 펼쳐지는 천마도에는
고래와 물고기자리를 지나가고
푸른 말잔등 위로 별빛이 비늘처럼 반짝인다
모래사장에 부려놓은 등짐도 잠깐
해풍에 은빛으로 빛나던 말의 잠귀가 쫑긋 선다
바람은 달리지 않는 말에게 채찍을 든다
끝내 당도하지 않거나 도착지를 모르는 경주니까

수평선 멀리 수런거리는 소리 들린다

능소화 빛으로 물드는 아침
닳지 않는 관절은 다시 무릎을 세운다
발굽 아래 부서지는 단잠
쏴아쏴아 바다가 일어나는 소리

*야생말.

뜬금없이

어떤 감정은 뭉치면 구름이 된다
그것들은 눈처럼 차곡차곡 쌓였다가
빗나간 예보처럼 뜬금없이 태도를 바꾼다

당신의 눈동자가 낮꿈에 잠길 때
몽글몽글 피어오르는 구름도
오래 무거워지면
무쇠솥단지 그을음 같은 먹구름이 된다
툭 툭 예고편으로 꽂던 빗방울
쌈지 속 바늘처럼 누빈다
안과 밖이 젖고 젖고
아말리아의 파두 가락이 물안개로 피어오른다

한소끔 솎아낸 감정 이후
산딸나무 잎에 빗방울 하나 구른다
순간 투명해진 고요 속에
뜬금없는 생각
할미새는 어디서 비를 긋고 있을까
잠깐 휘청거린 초록이 짙다

새가 된 글자

손아귀에 쥔 문장이었다 구겨진 종이에 탁본된 상형문자는 초승달 같은 눈에 새의 깃털을 가졌다 그 글자를 붙들고 끙끙 앓았다

잠 속에는 해가 막 뜨려고 했고 검은 바다 위로 별들이 쏟아져 내렸다 은빛 가루를 쓸어담아 둥지에 넣어주고 싶었다 살포시 내려앉던 새가 수면을 쥐고 날아오를 때, 글자 속의 날개가 바람을 탔다

해무가 걷힌 수평선이 붉은 해를 밀어올리자 새가 된 글자들이 일제히 날아오른다 하늘을 나는 필사된 문장들 멀리 넘실넘실 파도를 넘는 청어 떼처럼

평정 平靜

뾰족한 모서리를 가지고
흐린 하늘을 바라보다 돌부리에 차였다
눈발은 가볍거나 무겁거나 사나워지기도 하고
뭉치를 이루다 와르르 주저앉는다

툭 터져나오는 외마디 소리 저 아래로 하얗게 굴러간다
산 능선과 산길이 봉긋봉긋 둥글어지고
덤불과 잎 진 나무들 사이로 바위들까지
눈구름을 쓰고 모서리를 지운다

눈사람들이 붐비는 산에서는
길을 잃어도 물어볼 데가 없다
넘어지고 부러져 하찮아지는 것들까지
순백으로 안은 한 철 따뜻하겠다
봄의 한 귀퉁이가 부스럭거린다

천년을 버틸 '언어의 집' 한 채

김정수/ 시인

송복련 시인은 「늦은 시」(『서쪽으로 가는 달에게』, 다름북스, 2024)에서 "하룻밤에 집 한 채 짓겠다고/ 천년에도 끄덕 않는 뼈로 세우려는 꿈"이라 노래했다. 물론 이 시는 『삼국유사』의 '비형랑 설화'를 모티브로 하고 있으므로 하룻밤에 짓는 "집 한 채"나 "천년"의 세월을 버틸 수 있는 집의 뼈대는 굳건한 토대 위에 영원히 존재하는 신라의 역사성을 뜻할 것이다. 하지만 제목 '늦은 시'와 연관지어보면, 그 의미의 파장은 훨씬 확장된다.

'시'를 수식하는 '늦은'이라는 형용사가 생물학적 나이나 남들보다 늦은 등단에서, 늦은 만큼 더 좋은 시를 쓰겠다는 다짐과 노력, 결심이 실천으로 이어지고 있기 때문이다. 정성을 기울여 쓴 시가 영원히 존재하기를 기원하는 절박함으로 "가슴에만 들어앉은 집"을 완성하기 위해 날밤을 새워 짓고 허물기를 반복한다. 퇴고에 퇴고를 거듭해 천년을 살아남을 시를 쓰려고 한다. 궁극적으로, 시인이 지으려는 집은 "송진내로 다진 결 고운 무늬가/

오래도록 대청마루에 깃드는/ 그런 집"이다.

그런 의미에서 세 번째 시집 『푸른 귓속말』은 오래 가슴 깊이 품고 있던 시를, "어둠을 밤새 들이받던 뿔"의 생경한 체험과 간절함으로 풀어놓은 "언어의 집 한 채"라고 할 수 있다. 시인이 의도했든 아니든 이 말은 자연스레 "언어는 존재의 집"이라는 마르틴 하이데거의 정의를 떠올리게 한다. 언어는 원래 인간이 소유하고 의사를 전달하는 수단이지만, 하이데거는 오히려 인간의 언어 소유를 부정하면서 '언어가 말하는 것'으로 인식한다.

언어라는 집 안에서 인간은 존재와 만난다. 존재의 집인 언어 속에 사는 인간의 본원적인 모습이 곧 '시작詩作'이다. 우리가 생각하는 '시를 쓴다'는 의미와는 차이가 있다. 따라서 "언어의 집"이 시를 모아 한데 엮은 책만을 지시하지 않으므로 그동안 추구한 "언어의 집"이 "허공에 떠도는 집 한 채"(이하 「허술에게」)였음을 시인은 인정한다. "시를 나무로 착각"해 물만 주었다는, "오래 젖으면 다 시가 되는 줄 알았"다는 시인의 자각은 뼈아프게 다가온다. "언어에 헌신하던 날들"이 축적됐음에도, "덜 여민" 말들로 허술했음도 솔직하게 반성한다. '오래' 젖으며 정성을 기울인 시가 '오래' 시의 향기를 내뿜을 것이란 생각은 결국 "쓴 잔을" 들고, 오래 안개 속에서 헤매기도 한다.

시행착오를 거듭하다가 어느 순간, 가슴에 "속의 말"이 씨앗 형태로 웅크리고 있음을 깨닫는다. 고요하게 응축되어 있는 그것은 적당한 온도와 물을 만나면 언제든 싹

틔울 준비가 되어 있다. 어렵게 틔운 싹은 물을 지나치게 많이 줘도, 지나치게 적게 줘도 제대로 성장하지 못한다. 썩든가 말라죽는다. 햇빛이나 바람 같은 자연환경도 영향을 미친다. 즉 "침묵의 저편에서" 농익은 말들이 저절로 흘러나올 때까지 기다렸다가 받아적는, 감정의 수위 조절이 적절해야 한다.

좋은 시 한 편을 쓰겠다는, 좋은 시집 한 권을 남기겠다는 시인의 꿈은 『푸른 귓속말』에 이르러 단정하고도 유려한 서정의 세계로 완성된다. 수필가로서 오래 갈고 닦은 안정적인 문장과 삶의 연륜, 성찰적 사유가 시적 일관성과 개성을 동시에 획득하는 결과로 나타나고 있음을 수긍할 수밖에 없다.

「시인의 말」을 빌리면, 『서쪽으로 가는 달에게』가 "과거로 회귀해서 감정이입하며 주인공이 되어보는 즐거운 상상"이었다면 이번 시집 『푸른 귓속말』은 온몸이 귀가 되어 "당신의 귓속말"을 받아 적은 그리움의 원형이다. 전자가 스스로 서정적 주체가 되어 서사와 상상을 중심으로 시상詩想을 전개하고 있다면, 후자는 시적 자아와 사물을 통해 객관적이고도 세련된 서정의 세계를 펼쳐 보여준다.

귓속말을 받아적으려면 듣는 게 우선이고, 쓰는 게 그 다음이다. 귓속말은 내 안이 아닌 내 밖에서 온 것이다. 바깥의 세계를 내 안으로 끌어들여 정통서정의 시세계에 "푸른 피"(「시인의 말」)를 돌게 한 원동력이다. 그런 연유로 한 차원 높아진, 감정을 자제하거나 이입하면서 시적 대상/사물을 포착하는 놀라운 진전을 보여준다. 또한 시적 자아와 시적 대상/사물과의 적당한 거리, 시적 대상/사물의 언어와 이미지를 빼어난 상상력으로 연결하는 시작법詩作法을 시종일관 견지하고 있다.

빼어난 정통서정의 시세계를 감각적으로, 통찰적으로 보여주는 시가 「숲으로 간 책방」과 「책갈피」다. 「숲으로 간 책방」의 "나비의 처음처럼/ 아직 읽지 않은 바깥을 향해/ 날개가 촉촉하다"는 문장에서 확인할 수 있듯, 숲속에 연 책방을 "나비의 처음"으로 치환하고 있다. 책방과 나비가 전혀 연관이 없을 것 같지만, 시인은 읽다가 펼쳐놓은 책에서 '나비' 이미지를 떠올린다. 도회가 아닌, 사람들이 찾아올 것 같지 않은 숲속 책방에서는 '처음'을 떠올린다. '책은 나비다'라는 은유에서 비롯된 이 문장은 "아직 읽지 않은 바깥"으로 향하면서 빼어난 상상과 연상, 사유의 세계로 확장되고 있음을 어렵지 않게 짐작할 수 있다. 또한 "아직 읽지 않은 바깥"은 숲 밖, 읽지 않은 책, 아직 접해보지 못한 세상 등 다층적 의미로 해석할 수 있다.

이는 「책갈피」의 "글씨들의 다발 속으로/ 깃발처럼 꽂히는 간이역"이라는 문장에서도 나타난다. 아무 연관이 없을 것 같은 책갈피는 생경하게도 간이역으로 변주된다. 책갈피에 간이역 사진이나 그림이 있을 수 있고, 한 권의 책을 시발역에서 종착역으로 상상했을 수도 있을 것이다. 책갈피가 간이역으로 변주되는 순간 책을 읽는 행위는 달리는 열차가 되고, 책의 언어와 열차의 언어가

교차하면서 문장의 밀도를 높인다. 시인은 사물/대상을 관찰해 그 속에 숨어 있는 의미를 찾아내고, 사유의 가지에 새로운 "잎을 피우"려는 시도를 시종일관 보여준다. "쉼표처럼 끼어드는 생"의 책갈피에서 "당신에게 흘러가는 문장"들이 일으키는 파장을 쉽게 만날 수 있다. 이러한 시적 세계관과 미학을 성취하고 있는 「빈 의자」를 통해 확인해보자.

내 것인 줄 알았지

의자에 앉아봐
씨앗들을 날려보낼 테지

꽃들이 피는 건 순간이야

발돋움하는 것들은 꽃으로 무장하지

시베리아 열차가 바이칼 호수를 지날 때 천상의 화원을 봐
하얀 깃털은 숲으로 가는 걸 좋아해
바늘꽃들 불탄 자리에 먼저 도착해 폐허를 깁지
꽃대 밀어올려 피는 여름은 왕성해
검은 자리는 감쪽같은 꽃자리

안락의자는 다정하지 게으름이 슬그머니 기어들지

의자는 담 너머 피는 찔레꽃, 꺾고 싶은 손들이 탐내는
물건, 잃어버린 높이, 당신에 대한 복종 공생하는 불화

의자는 나무와 못의 세월을 지나면 떠나지
입씨름 잘하고 허풍떨던 썩지 않는 뼈들 전설로 자라지
가끔 개 같은 날을 바람이 들추고 가지

의자는 독방에서 궁리하는 족속
받쳐주는 다리가 있을 때는 고집이 세지

의자는 아주 불평등하지

—「빈 의자」 전문

의자는 언제 가장 의자의 본질에 가까울까? 누군가 의자에 앉아 있을 때, 아니면 비어 있을 때. 이 시에서 의자는 의자 그 자체이면서 "꽃자리", "당신에 대한 복종"과 "공생하는 불화" 등 중층적 상징 공간으로 자리한다. 조금 느닷없지만, 시인은 서두부터 의자에 대한 소유의 문제를 건드린다. "내 것인 줄 알았지"만 내 것이 아니라는 것이다. 그런 사실을 의자에 앉기 전에는, 의자에 앉아서 "씨앗들을 날려보"내기 전까지는 알 수 없다고 단정한다. 꽃씨를 날려보내는 행위는 '의자'라는 핵심 상징의 관계성으로 보면, 분가分家라는 숨은 뜻에 가닿을 수 있다. 자식들이 크는 건 순간이고, 분가는 외롭고 쓸쓸한 일이 아닌 세대를 잇는 숭고한 일이다. 하지만 인간

의 지나친 "발돋움"과 "무장"은 "천상의 화원"을 한순간에 "폐허"로 만들 수 있다. 폐허를 치유하는 것 역시 "불탄 자리"에 날아와 피우는 꽃, 즉 자연이다.

여름은 꽃의 왕성을 도와주는 환경적 조건이다. 자연은 인간의 손을 타지 않으면, 스스로 순환하고 치유한다. 행간이 넓은 이 시는 6연 "안락의자"의 등장과 함께 급격히 전개 속도를 높인다. 초·중년의 삶에서 노년의 삶으로 전환되어 갈등을 첨예하게 표출한다. 은퇴해 안락의자에 앉은 시적 자아가 바라보는 "찔레꽃", "물건", "높이"는 삶의 회상이다. 내가 소유할 수 없는 것들과 이루지 못한 일, 그리고 평화를 위한 복종이 주마등처럼 스쳐 지나간다. 안락의자가 상징하는 "다정"과 "게으름"의 두 축은 "공생"과 "불화"로 재편성되고, "불평등"의 문제로 귀착된다. 우리가 익히 알고 있는 조병화 시인의 시 「의자 7」의 의자가 새로운 것의 등장과 오래된 것의 퇴장으로 반복되는 인간 역사의 세대교체를 의미한다면, 이 시는 자연의 순환과 삶의 다양성, 인생의 덧없음을 중층적 의미를 담고 있다.

소리의 끝을 따라간다
나비가 날아가는 속도로
푸른 잔디밭 위로 파장이 물결친다

어두워지는 하늘 한 귀퉁이
구름이 방향을 바꿀 때

아득히 먼 곳에서 내게로 오는
동그란 물방울 하나가
이마에 파문을 일으킨다
나는 물이다

통통 풀잎을 튕기던
빗방울의 리듬이 빨라지고
싱잉볼 진동에 맞추어
나는 연못이 되어 수련을 피운다
비단잉어들이 생긴다

고요의 끝에 닿으니
꽃이 피는 속도와
지느러미를 따라 일어나는
나는 악기다

—「싱잉볼」 전문

싱잉볼singing bowl은 그릇 모양으로 생긴 청동 종으로, 요가나 명상할 때 사용하는 도구다. 타격하거나 문지를 때 발생하는 여러 음색을 통해 심리적 이완과 안정을 유도한다. 명상의 시작은 고요히 눈을 감고 주변 세상을 차단하는 것이지만, 쉬운 일은 아니다. 명상에 든 시적 자아는 소리가 침묵으로 사라져 끝내 고요의 세계에 빠지는 신비로운 경험을 한다. "소리 끝"에서 시작된 명상은 "고요의 끝"에 이르고서야 끝난다. 시적 자아가 진입하고자 하는 고요는 유리처럼 깨지기 쉬운 세계다. 소리/소음이나 접촉으로 고요의 세계는 쉽사리 부서지고 만다. 그런 고요는 없으면서 있는, 무형의 세계다. 소리에서 고요로 넘어가는 순간 고요의 존재성은 사라지고 무화無化한다. 명상의 절정이다.

이 시의 서두에서 소리의 시작은 생략되고 끝에 의식에서 시작된다. 소리와 고요의 간극에 침묵이 흐르고, 침묵의 순간 내면의 세계로 진입한다. 하지만 시적 자아는 침묵 이전의 소리가 일으키는 파장에 빠져든다. "소리의 끝"에 다다르자 "물방울 하나가/ 이마에 파문을 일으킨다". 나비-잔디밭-하늘-구름-물방울-풀잎-빗방울-연못-비단잉어로 이어지는 연상작용, 혹은 연쇄반응을 따라가다 보면 어느새 물아일체物我一體의 경지에 이른다.

"나비가 날아가는 속도"가 소리라면, "꽃이 피는 속도"는 고요다. 소리를 통해 내면에 진입하고 속도를 통해 깨달음의 어려움을 설파한다. "나는 악기다"라는 당연한 말은 명상 이전의 세계와 이후의 세계와의 차이를 의미한다. 즉 명상에 들기 이전의 나와 명상 이후의 나는 '같은 나'가 아니라 '다른 나'로, '진짜 나'에 좀 더 다가선 '나'인 것이다. 직지인심견성성불直指人心見性成佛이라 했다. 참선을 해서 사람의 마음을 직시直視하면, 그 심성이 곧 부처님의 마음임을 깨닫게 된다는 뜻이다. 불교적 세계관을 담고 있는 이 시가 말하고자 한 것이 직지심체直指心體가 아닐까, 라는 생각을 하게 한다.

푸른 배추밭에 나는 나비처럼
엄마와 나 사이에
투명한 날개를 접으며 착륙하는 물방울들

이불 홑청이 젖는다
바지랑대 높이 세워 널었던 울안에 탱자꽃 핀다
엄마가 물 한 모금 머금어 불어낼 때마다
나비 떼가 홑청 위에 내려앉는다

당신은 흰 옥양목 홑청에 올라 지그시 밟으신다
구겨지고 마른 성미 꾹꾹 누르듯
버석거리며 뻣뻣하던 풀기의 주둥이가 누그러진다
촉촉하게 젖어 주름진 얼굴이 펴진다
네 귀를 잡고 밀고 당기는 사이
엄마의 얼굴에 탱자꽃 핀다

이불 홑청의 시침질 속으로 낮의 소란들이 잦아들고
눈썹달이 뜨는 밤
배추흰나비 날아다니는 이부자리
잠 속이 달콤하다

—「나비물」 전문

송복련의 시에서 나비 이미지는 꽃과 물 이미지와 함께 시집을 이끌어가거나 징검돌 역할을 하고 있다. 한데 나비 이미지는 "나비의 처음처럼"이나 "울음끼리 건네는 곡조는 나비처럼”(「곡비」), “사라진 말들은 수백 장의 꽃잎이었다가 나비처럼”(「묘연」)과 같이 주로 직유 형태로 나타난다. 직유는 서로 다르거나 비슷한 대상을 연결해준다. 시적 대상의 유사성을 나비에 빗대는 소극적·보조적 역할에 머물고 있다. 반면 시 「나비물」의 나비 이미지는 배추와 배추 사이를 “나는 나비”에 비유를 넘어 “엄마와 나 사이” 사랑의 매개 역할로 확장된다. 나비물은 나비가 날개를 펼치고 날아가는 듯, 옆으로 쫙 퍼지게 끼얹는 물을 말한다. 세수하거나 걸레 빤 물로 마당의 먼지를 재울 때 사용한다. 이 시에서는 바싹 마른 이불 홑청 위에 “엄마가 물 한 모금 머금어 불어낼 때” 나타나는 형상이다.

시인은 각인된 나비물의 이미지를 현재로 불러내 수채화 같은 서정의 세계를 그려낸다. 이 시에서도 이불 홑청을 빨고 너는 장면을 과감하게 생략한 채 바짝 마른 이불 홑청의 “네 귀를 잡고” 있는 “엄마와 나”부터 시를 전개한다. 주름진 이불 홑청의 주름을 펴기 위해 엄마는 입에 “물 한 모금 머금어” 분다. 시적 자아의 시선은 이불 홑청에 “착륙하는 물방울들”에 고정되어 있다. 물기를 머금은 “옥양목 홑청”을 밟는 엄마의 표정에선 삶의 주름이 느껴진다. 겨우내 덮고 자던 이불 홑청은 고단한 삶의 더께를, 깨끗이 빨아 널어놓은 이불 홑청은 삶의 환기를, 마른 홑청을 “지그시 밟”는 행위나 다듬이질은 삶의 주름을 펴는 것으로 의미화된다. 이불 홑청이 젖고 마르는 과정과 엄마의 표정 변화, 이를 바라보는 시적 자아의 애정 어린 관찰, 그리고 물-나비-꽃으로 이어지는 연상의 입체적 구조가 돋보이는 작품이라 할 수 있다.

오래된 주소로 전화를 걸어요 안개 속에 숨겨둔 흐릿한 말 처음 꺼내지요 먼 곳에서 방울새 울음소리 들어요 닻꽃이 참말로 폈어요 텅 빈 하늘을 채웠어요 그건 스무살 여름이 한참 지난 뒤의 일이어요

—「참닻꽃」 부분

붉은 장미에 취할까도 했는데 가시투성이 서른이 떠올라요 뜻대로 안 되는 꽃밭도 있지요 밤새 손톱을 깨물던 시절이었지요

—「내일 숍에서」 부분

먼발치에서 보았다 울도 담도 없는 집에 노란 저고리에 녹치마 받쳐입고 허리춤을 묶는 여자를 등 뒤로 루드베키아 꽃들이 사태진다 더푸렁골은 꽃무덤이다 오월의 햇살만큼이나 눈부시게 반기는 여자는 꽃이 전재산이다

눈총을 받으며 어린 나이에 부른 배를 안고 쫓기던 여자, 주렁주렁 식솔을 거느리고 귀향한 높은 대문을 등지고, 여우와 살쾡이 고라니들이 출몰한다는 짐승골 곁에 두 벌 인생을 차린 움막은 제 한 몸 누일 만하고 하늘이 가깝다

—「루드베키아」 부분

나비 이미지가 직유라는 표현기법을 취하고 있다면 꽃의 이미지는 자아와 존재, 세계라는 묵직한 주제를 함의하고 있다. 가령 시 「행운목」에서 "눈발처럼 흩날리"는 사과꽃은 이별의 아쉬움을, "극락정토에 피는 연꽃"은 성스러운 사랑을, "하늘 사다리 감아오르는 나팔꽃"은 더 높은 데를 지향하거나 죽음을 암시한다. 꽃 이미지로 사랑과 이별, 성스러움을 중첩해서 보여주는 시적 기교를 시현한다.

이뿐 아니라 "꽃을 매다는" 행위를 통해 "번번이 속"는 잘못을 범하면서도 순정한 사랑과 이상을 추구하는 자아의 습관을 반영하고, 타의에 의해 존재하던 자리에서 떠나 뿌리 없는 삶을 살아가는 행운목에서 자아를 발견하는 성찰적 태도를 일관되게 견지한다. 꽃의 사물은 연상과 상상을 통해 자아의 과거를 끌어들인다. 이때 시인은 꽃의 모양이나 특징, 꽃말을 자연스럽게 시에 녹여낸다. 「참닻꽃」은 닻을 닮은 꽃의 생김새에, 「내일 숍에서」는 손톱에 그린 꽃아트에, 「루드베키아」는 작은 코스모스를 닮은 꽃의 모양에 착안하고 있다. 시인은 사물과의 거리를 유지하면서 의인화와 감정이입을 통해 경험의 세계를 끌어들인다.

「참닻꽃」은 "스무 살 여름이 한참 지난 뒤의 일"을, 「내일 숍에서」는 "가시투성이 서른"의 나이를, 「루드베키아」는 "어린 나이에 부른 배를 안고 쫓기던 여자"를 소환해 "오리무중 속의 햇살 같은 사랑"(「어쩌다 방으로 들어온 소」)을 조명한다. 기억의 저층에 머물던 사랑의 부재로 인한 상실은 시적 사물/대상을 통해 재구성되고 시화詩化하면서 비로소 승화와 숭고의 자리로 옮겨 앉는다. 몸 밖의 꽃씨를 몸 안에 들여 "마음에 꽃을 피우는 일"(「꽃 달임」)이면서 "당신의 말"(이하 「시인의 말」)을 알아들을 때마다 "순간에 피는 꽃"이다. 꽃 이미지가 당신을 이해하는 본질이면서 존재를 확인하고 자아를 완성해가는 과정임을 상징한다.

물집이 터진다
떼로 몰려다니는 물의 연대는
땅속으로 스며들지 못하고 서식지를 바꾼다
자동차와 세간들이 구겨진 채 떠다니는 소동은
물의 기분을 건드린 탓이다

슬픔의 적도에서 밀어올린 비구름
바리케이드를 넘어뜨리고 진격한다
위험수위를 넘어오는 물의 결속
성난 빗줄기의 아우성
흙빛이 된다
보기 좋게 한 방 먹은 거다

붉으락푸르락
도시가 휴지처럼 구겨지고
구름을 담은 하늘과 새의 그림자는
흐린 거울 속에 비치지 않는다

쓰러진 나무에

비닐봉지를 백기처럼 흔든다

흙탕물에 함락된 오래된 미래

—「물의 광복」 전문

시집을 여는 시 「싱잉볼」에서 "나는 물이다"라는 선언적 표현을 상기해보자. 이때 '물'은 정체성이 아닌 '나'와 '물'이 하나가 되는 물아일체의 경지를 의미한다. '나는 나'이었다가 어느 순간, 외적 자극과 내적 반응으로 '나는 물'이라는 자각에 이른다. 이는 당연히 물질뿐 아니라 정신의 일체를 의미한다. '나는 나'이었을 때와 '나는 물'일 때의 '나'는 한결 진보한 상태로, 다시는 이전으로 되돌아갈 수 없다. '다시 나'로 돌아오더라도 그것은 '나는 나' 상태가 아닌 진일보한 '나'일 수밖에 없다. 이번 시집은 이에 호응한 결과물이다. 바깥에서 온 "물방울 하나"가 일으킨 파문은 송복련 시인의 시에 생명력을 불어넣는 한편 독특한 화법과 개성적 감각, 사유의 깊이라는 연쇄반응을 일으킨다.

한데 "아주 불평등"한 의자처럼 물 이미지도 평등하지 않다. 물의 가치나 효용이 긍정적으로만 작용하지 않는다. "당신의 빈소"(「곡비」)에서 질펀하게 울고, 몸의 수문이 열려 "찔끔찔끔 부끄러움"(「요실금」)을 쏟아내고, 물을 너무 많이 줘서 "금전수는 무릎이 주저앉"(「물 주는 남자」)고, 물에 말아먹는 밥 속에는 "배고픈 아이"(「물밥」)가 산다.

도시의 홍수를 다룬 「물의 광복」의 물 이미지도 평등하지 않다. 세상의 모든 곳에 골고루 비가 내리면 좋으련만 지역적으로 많은 편차를 보인다. "떼로 몰려다니는 물"은 파괴적이다. "자동차와 세간들이 구겨진 채" 떠다니는 등 도시는 "휴지처럼 구겨"진다. "물의 기분을 건드린" 인간은 자연의 반격에 백기를 들 수밖에 없다. 주목할 것은 첫 행 "물집이 터진다"의 물집의 의미다. 물집은 살가죽이 부르터 그 안에 물이 고인 것으로, 몸 일정 부위의 지나친 사용이나 피로와 같은 정상적이지 않은 것에 대한 몸의 반응이다.

이 시에서 물집은 물의 집, 즉 물을 담아두는 댐이나 집중호우를 지칭하는 것으로 보인다. "물의 연대"로 인한 소동은 물의 잘못이 아닌 "물의 기분을 건드린" 인간의 잘못이다. 자신을 돌아볼 수 있는 거울을 소유하고 있지만, "흐린 거울"인지라 무용지물이다. 위험수위를 넘긴 집중호우나 댐의 붕괴는 물에는 '광복', 인간에게는 자업자득이다.

> 모자를 쓴 신사들이 지붕 위에서 내려오고 있어요
> 멀리 또는 가까이 중절모를 쓰고 내려요
> 비는 어느 곳에나 내리지만
> 아무도 젖지 않아요, 하염없이
> 비를 맞기만 하지요
> 스스로도 젖지 않는 건 비가 아니기 때문이지요
>
> —「비는 중절모를 쓰고 내린다」 부분

미술이나 그림, 음악을 시의 소재로 삼는 것은 오래된 시작법이다. 우리가 익히 알고 있듯, 김춘수 시인의 「샤갈의 마을에 내리는 눈」(『김춘수 시선집』, 1969)은 샤갈의 그림 〈나와 마을〉에서 영감을 얻어 창작한 것이며, 최근에는 프리다 칼로나 알베르토 자코메티의 작품 이미지를 차용한 시를 어렵지 않게 찾아볼 수 있다.

이번 시집 4부에는 르네 마그리트, 클로드 모네, 파블로 피카소, 알베르토 자코메티 그리고 드뷔시의 작품을 시화한 작품이 집중적으로 수록되어 있다. 「모네의 물감」은 프랑스 지베르니Giverny의 정원과 연못을 그린 〈수련〉 연작을, 「허공에 지은 집」과 「마그리트의 사과」는 르네 마그리트의 〈피레네의 성〉과 〈사람의 아들〉을, 「도라」는 피카소의 〈우는 여인〉을, 「파문」은 로버트 인디애나의 파라다이스 시티의 〈LOVE〉를, 「저물녘의 자코메티」는 자코메티의 〈걷는 사람〉을, 「드뷔시의 바다」는 클로드 아실 드뷔시의 교향시 〈바다〉를 시적 영감의 대상으로 삼고 있다.

이들 작품의 공통점은 기존 틀에 얽매이지 않는, 새로운 영역을 개척한다는 데 있다. 그것은 "설익은 사과처럼 찾아"(「모네의 물감」)와 재치 있는 감성과 간결하고도 투박한 터치로 그 분야에서 일가를 이룬다. 시인은 작품세계와 현실 세계를 오가면서 때론 감정이입을 하고, 때론 일정 거리에서 관찰하고 상상한다. 시인은 작품과 현실, 과거와 현재, 시간과 공간을 입체적으로 조명하며 시적 긴장과 생명력을 불어넣는다.

인용시 「비는 중절모를 쓰고 내린다」는 르네 마그리트의 그림 〈골콩드〉를 시적으로 표현한 것이다. 그림을 보기 전에는 "모자를 쓴 신사들이 지붕 위에서 내려오고 있어요"라는 문장이 낯설 수밖에 없지만, 그림을 본 순간 '아' 하는 탄성과 함께 낯선 문장이 저절로 이해된다. 중절모에 코트 차림의 사내들이 '인간비'처럼 허공에 꽂혀 있기 때문이다. 허공은 불안한 공간이다. 그런 공간에 '겨울비'가 내리는 듯, 혹은 폭탄이 내리꽂히는 듯한 장면이 정지되어 있다. 똑같은 의상에 똑같은 포즈를 취한 몰개성의 인간 군상은 시공간 뛰어넘어 이 시대의 "아버지들"로 치환된다.

매일 같은 건물로 출근과 퇴근을 반복하는, 단조로운 일상을 살아가는 "남자는 우리 집"뿐 아니라 "옆집 뒷집 윗집 아랫집"을 들락거린다. 이들은 서로가 서로에게 무관심한, 주변의 존재조차 의식하지 않는 것처럼 보인다. 그림에서 중절모를 쓴 사내는 르네 마그리트 자신으로, 수많은 분신을 만든 것은 본질이 아닌 '그저 이미지'일 뿐이라는 메시지의 전달이다. 시인은 단순히 그림을 문자로 전환하는 데 그치지 않고 그림에 담긴 의미와 현실을 통해 재창조하고 있다. 본질은 사라지고 허상만 남은 현대인에게 존재론적 질문을 던지고 있다.

지금까지 살펴본 바와 같이, 송복련의 시집 『푸른 귓속말』은 이전 시집보다 한층 성숙한 정통서정의 세계와 시적 성취를 보여주고 있다. 시인은 일정 거리에서 시적 자아와 사물/대상을 관찰하고, 이를 시인 특유의 개성적 감각과 빼어난 상상과 연상을 통해 입체적으로 보여준다. 시인은 과거의 경험을 현재로 소환하거나 시적 대상을 해체해서는 삶의 세계와 결합해 역동적으로 시를 형상화하고 있다.

시적 풍경이 때론 외롭고 쓸쓸한 방향으로 기울어져 있지만, 시인은 "슬픔에 슬픔을 얹어"(「곡비」) 같이 슬퍼하면서 이를 극복한다. "열어놓은 귀 밖으로 캄캄한 밤들"(이하 「능소화」)이 지나가자 시인은 아직 "도착하지 않은 사랑"을 기다린다. 아니 어쩌면 그 사랑은 스쳐지나갔거나 이미 와 있을지도 모른다. 과거에도, 현재에도 사랑은 늘 갈증과 같다. 하여 시인은 사랑의 결핍이나 소외, 삶의 주름을 시를 통해 재생하려는 것이다.

이제 "다 늦은 저물녘에/ 말하지 않은/ 목에 걸린 말까지도"(「찔레꽃」) 다 들을 수 있다는 시인은 말의 씨앗을 툭툭 내뱉는다. 그 씨앗이 천년의 무게를 견딜 시의 싹을 틔우고 쑥쑥 자라나고 있다. 그 나무가 피울 "꽃의 말들이 폭죽처럼"(「꽃무릇」) 터지는 날을 또 기다린다.

푸른 귓속말

지은이_ 송복련
펴낸이_ 조현석
펴낸곳_ 북인
디자인_ 푸른영토

1판 1쇄_ 2025년 04월 10일
출판등록번호_ 313 - 2004 - 000111
주소_ 121 - 842 서울 마포구 서교동 460 - 34, 501호
전화_ 02 - 323 - 7767
팩스_ 02 - 323 - 7845

ISBN 979-11-6512-504-2 03810

책값은 뒤표지에 있습니다.
저자와 협의 아래 인지를 생략합니다.